夢幻のミーナ

龍 九尾

目次

第一章　新しいクラス

昇降口は二つの学年に塞がれ、後から来た者は冷たい風に震えながら順番待ちをしている。転がるように校舎へ入って行くのは桜の花びらばかりだった。誰もが我先にと押し合いながら目指す先には、扉に貼られたクラス分けのリストがあった。各学年の生徒数は百名に近いが、その中から自分の名前を見つけることは意外とすんなりできる。しかし自分の名前を見つけただけでは校舎に入る踏ん切りはつかない。自分と仲の良い友人が何人同じクラスにいるか、今後一年を左右するその情報こそがクラス分けの最重要項目なのだ。時折上がるキャーという黄色い声は、大方、仲間と同じクラスになれた女子らによる歓喜の叫びだった。まだコートが必要なくらい寒い空の下でじっと順番を待っている者からすれば、こうした女子らのはしゃぐ声もいちいちイライラするのだった。直接言えないものの、早くしろよと愚痴ったり舌打ちしたりする小さな抗議があちこちで聞こえる。

新年度早々、苛立つ同級生の汚い言葉や舌打ちを聞きながら、ナミは群の中で順番待ちをしていた。心が急いて無意識に何度も首を伸ばす。読める距離ではないが、貼り紙の白い角が見えただけでドキドキした。期待と不安が忙しなく交互に浮かび、やや期待の方が上回っている。ナミは春休み中、ずっとこの朝を楽しみにしていたのだ。

　さあ、同じクラスになった仲間に何と言おうか。第一声は少しでも楽しく、面白く。そんなことを想像してはさらに面白い場面を思い浮かべ、頬は独りでに持ち上がる。一人でニヤニヤしては周りに引かれてしまうと、マフラーに頬まで埋め、笑いを堪えていた。吹き出してしまいそうな時は咳払いをしてごまかす。ちゃんと見るまでは我慢我慢、がっかりはしたくない。そう自分に言い聞かせてもやはり、新しいクラスが嬉しくて、飛び上がるほど喜んでしまう自分を想像する。何かから解放されたように笑う自分の姿を、何度も何度も想像する。

「ごめんね、ごめんね、はいはい、ごめんねえ」

　ようやく見る順番が回ってきたかと思うと後ろから大声で謝りながら人ごみを掻き分ける声が聞こえてきた。ずるぺたずるぺたと、踵の潰れた靴を引きずる音を響かせて。その音が真後ろに来た時はドキッとしたが、音の主はナミを押しのけたりすることはなく隣へ来た。アイという、髪を二つに高く結った、学年一気の強い女子だ。声で彼女が来たと分かってはいたが、隣に並ばれると変に身構えてしまう。クラス分けに夢中で気づかないふりをしていたが、アイの後ろに控える二人の女子がわざとらしくナミを押しのけた。やっと順番が回ってきたところを割り込まれてナミはムッとしたが、急に周りが静まり返ったことで他のみんなも同じ気持ちなのだと分かった。しかし文句を言える勇気ある者はおらず、三人は我が物顔で振舞っている。

アイと、腰巾着のような二人のうちの一人、ガッチリとした体格のソノは同じクラスだったようで、わあ嬉しいアイとまた同じクラスだあ、と早速アイに媚を売る。一方クラスが分かれた方、細身で背高なオトは口を尖らせ、やだ先生に抗議するう、とかわい子ぶる。この気持ち悪いやりとりは日常的に繰り広げられている。アイはそんな二人を振り向きもせず、ただ一言、

「うわあ、面倒くさいクラス」

とだけ言い、そのまま昇降口の中へ入って行った。

「ああ本当だ」

ソノとオトは一度ナミを横目で見やり、それから意味ありげに顔を見合わせるとクスクス笑う。そして何か小声でヒソヒソ言いながらアイに続いて行った。ナミは三人

の背中を睨んだ。そして不安になり、へばりつくようにしてクラス表を見る。後ろから押し寄せる人波に耐えながら、三つあるクラスから自分の名前を探した。

「ナミ、ナミ、あった、一組だ」

自分の名前はすぐに見つかった。次いでクラスメートを確かめる。まず、アイの名があった。ということはソノも一緒だ。アイとナミは中学に入ってからお互いを敵対視し始め、今では犬猿の仲になっていた。去り際にアイが「面倒くさいクラス」と言ったのは、紛れもなくナミへの当て付けである。二人が犬猿の仲であることは先生たちも分かっているはずなのに、どうして同じクラスにしたのか疑問だった。それはさておき、コウ、アヤ、イナ……自分と親しい仲間を探すが、二度見ても、三度見ても、欲しい名前はどこにもない。不安が押し寄せる中やっと見つけたと思えば、なんと、みんな二組だった。さっきまで上回っていた期待が、紙を裂くみたいにちぎれ、泡のように消えた。

しかし実のところ、アイや、アイの仲間ばかりいるクラスになったことは今のナミにとって一番深刻というほどの事件ではなかった。親しい仲間とはぐれてしまったことも、意外とすぐに受け入れることができた。今、ナミを一番不安にさせているのは、

「ユカリ……」

　自分と同じ一組に、ユカリの名前があることだった。

　一組の担任は、今年初めてこの学年に就いた、トーラという若い男の先生だった。トーラ先生は緊張していると公言しつつ、挨拶をしながらぎこちない笑顔を見せた。一組にはアイの仲間が半数近くいて、男女とも気が強い。早速先生を試そうと、先生彼女いるの、同棲してるの、などと答えづらい質問をぶつけては進行を妨げる。先生はそのたびに苦笑し、始業式までに出席をとらせてほしいと頼むような有様だった。出席番号順で後ろの方に座っていたナミは、これからの一年が闇に閉ざされていくような気がした。辛うじて出席をとっているトーラ先生に呼ばれハイと応えたものの、体がここに残っているだけで、心はもう学校の周りを羽ばたいていた。

「ユカリさん」

　その名前をトーラ先生が呼んだ直後、教室はしんと静まり返った。茶化すと思っていたアイの仲間でさえ口を閉ざしている。みんな一斉に教室の真ん中にある空席を注目する。時が止まったような、奇妙な光景だった。トーラ先生も何か感じたようで、みんなの顔を見てから空席と名簿を見比べ、ユカリは欠席、と記した。先生が次の名前を呼ぶと教室には再びざわめきが戻った。今の静寂は何だったのか。ナミは不思議な心地がした。ぼんやりしていると周囲で何人かが自分を見ながら囁き合っているのが見え、ナミは眉間にシワを寄せながら目を伏せた。

始業式が終わり、帰りのホームルームも終わると、うるさい連中は騒ぎながら教室を飛び出して行った。するとまた教室に残った大人しい女子らは急に存在感を出し始め、先が思いやられるとか、誰々ちゃんと一緒で良かったとか、お互いを労わり合っていた。

「ナミ、これから一年よろしくね」

比較的近い席にいたマユとヒナが挨拶に来る。二人は一年生の時も同じクラスだったが、ユカリなしでナミが入り込めるほど親しくはなかった。うんよろしく、とナミはぎこちなく笑った。

「ユカリちゃん、まだ良くならないんだね」

二人はユカリの席を振り返り、ナミを気遣う。うん、とナミは頷くだけだった。そこへトーラ先生がやって来て、じゃあまた明日ね、と二人は先に教室を出て行った。

一緒に帰ろうと言ってくれることを少し期待していたので、二人にあっさり別れを告げられ残念だった。トーラ先生は出席名簿を見ながら、ちょっとナミに聞きたいことがあるんだけども、と切り出す。ナミにはその話の内容がもう分かっていた。

教室は後方の扉近くに何人か残っていて、先生は教卓側の窓辺までナミを促した。窓の外に広がるグラウンドにはもう野球部やサッカー部が出ていて、それぞれ部活の準備をしているのがボードゲームのように小さく見える。

「ユカリの事なんだけども、ナミは前のクラスで仲が良かったよね」

先生は名簿とナミを見比べながら言う。このクラスのナミって一人だよね、違うナミに喋ってないよね、と何度も確認しているようだ。はい、とナミが頷くと先生はやっと安堵の表情を見せた。

「僕はこの学年を受け持つのが初めてなもので、ユカリのことが分からないんだ。だから分かることがあれば教えて欲しいんだけども、体調不良で三学期からあまり学校に来ていないそうだけど、ナミはユカリと連絡を取ったりしているのかな」

「連絡は取っています。昨日も、電話で話しました」

ユカリは小学生の頃からナミと大の仲良しで、いつも、どこでも行動を共にする、一心同体のような親友だった。長くてツヤツヤしたきれいな髪を持つユカリは、短くて毛先が曲がる髪のナミには憧れだった。穏やかで気立ての良い性格も尊敬している。中学へ上がっても同じクラスになり、小学生の頃と変わらずほとんどの時間二人でいた。お互いを信頼する気持ちは深く、早くも高校は同じところを目指そうとか、高校を卒業してどちらかが結婚するまではルームシェアをしようとか、そんな話題が増え、二人の夢はどんどん膨らんでいった。

「二学期の終わりにインフルエンザに罹って。それ以来、学校休んだままなんです」

インフルエンザが治っても体調が戻らないとのことで、ユカリは三学期の間、一日も学校に来ることができなかった。

「インフルエンザの他に、学校が嫌とか、その後も休むきっかけになりそうなことを言ったりはなかった?」

「特にはなかったです。私はいつも一緒にいたし、ユカリは本当に面白い子なんで、休み時間はずっと笑い転げてました」

ナミはユカリが学校へ来ていた時のことを思い出しながら、彼女がいかに面白いかを知ってもらいたくて夢中で話した。しかしトーラ先生が一生懸命に想像力を働かせようとするあまり真顔になっているのを見て、ナミははたと我に返った。

「こんなこと話しても意味ないですよね、すみません」

一人で熱っぽく語った自分を恥じて、ナミは目を伏せ謝った。いや、とトーラ先生が慌ててフォローする。

「ユカリは大人しい子だって聞いてたから、ナミの話は意外だよ。どんな子か想像してたんだ」

この先生はどんな風にユカリのことを引き継いだのだろう、とナミは無言で見つめた。先生たちはユカリのことを全然分かってない。休むようになってから当時の担任が何度も家庭訪問をしていたはずなのに、ユカリの大人しい面しか見られなかったなんて、一体何をしに行っていたのだろう。

休むようになってから、ユカリはナミと電話で毎晩長話をして笑い合っている。しかし翌朝になると気分が悪くなり、ひどい日は吐いてしまうのだと。その報告を受けるたびナミは不憫に思い、何とかして励ましてやらねばとありとあらゆる手段を考えるのだった。会いたいと呼ばれることもあるが、放課後特に用事のない日はユカリの家へ行き、近くの公園で寒さに震えながら話すこともあった。家に上げてくれればいいものを、家族がいるからと断られ、公園の土管に入って風を避け、身を寄せ合って他愛もない話をするのだ。ユカリの病は心にあり、家族が原因であるとナミは分かっていたが、聞いたところで知恵のない自分には何もできないことも分かっていたので、ユカリが自ら言わない限り、家族の話題を持ち出すことはできなかった。三度の飯よりユカリを優先するくらいの気持ちで、何かあれば「今から行くわ」、と電話を切り駆けつけたりもしたが、到着すると「今寝込んでいるから」、と家族に玄関で門前払いされることもあった。その時はユカリは家族に閉じ込められていて、窓からサインを出してはいないかと家の周りをウロウロした。しかしカーテンは閉ざされ、灯りもついておらず、ユカリのサインはない。結局見切りをつけて帰ることになるのだが、自分とユカリを隔てるたった一枚の壁が憎くて仕方なく、この壁一枚なければユカリは救われるんじゃないかと、門前払いを喰らうたびに思うのだった。

春休み最終日の昨日も、ナミはユカリと電話で話していた。冬の身を切るような寒さが和らいだこともあってか、春休み中、ユカリの体調はかなり良くなっているようだった。しかし遊ぼうとナミから誘うことはできず、ユカリも言わないので電話越しの関わりでしかなかったが、四月に入ってからのユカリは、また同じクラスになれるかな、とか、同じクラスになれたらあれをしよう、とか、そんな具体的な話をするようになっていたのでナミは大いに期待した。しかしそう言って実現しない事の方が多かった三学期のことを思うと不安の方が大きく、安易に信じることはできなかった。

始業式からは復活する。昨日の電話でユカリはそう言い、通学路で待ち合わせる約束まで向こうからしてきた。ナミは半信半疑でいたが、いざ今日の朝を迎えると、やはり行けないという電話が来たのだった。

トーラ先生は、ユカリが休むようになったきっかけに心当たりはあるのかを再度ナミに尋ねた。学校内では何もない。家族にあるのだ。そのことをナミはトーラ先生に伝えたかったが、ナミ自身がトーラ先生と話すのはこれが初めてで、どういう人物かも知らない状況でユカリのことを話すわけにもいかなかった。

とにかく、中学生の自分にもユカリが苦しんでいることは明らかなのに、何も知らないトーラ先生に託す前任や他の先生たちの気が知れない。そして唯一事情を知っているナミだけをユカリと同じクラスにしているのは、人見知りのユカリに配慮しているのかもしれないが、ナミへの配慮は感じられなかった。だって、仮にユカリが学校へ来たら、その時はナミがいるから安心かもしれないが、ユカリが来なければナミは一人ぼっちなのだ。新しく友達を作ることはできても、ユカリが来たらきっと人見知りして居場所をなくしてしまうだろう。いつ来るとも知れないが繊細なユカリを迎える側として、ナミは一人で待たなければいけないのだ。新しい仲間を作ってユカリを迎えることは、ユカリにとっては裏切りになる。だからせめて、もう既にユカリと知り合っているコウ、アヤ、イナ、誰か一人でも一組に入れてくれさえすれば、全ての問題は解消できたはずなのだ。

見るからにトーラ先生は真っ直ぐで、熱血そうな人だ。早速ユカリのことを気にかけて解決しようという意欲を見せている。だからこそ、他の先生たちがこの人にユカリを押し付けたように感じてしまう。そしてその助け役としてナミを、他に友達を作れない状態にして、ユカリ専属の友達としてトーラ先生に差し出したのではないかと。ユカリのことを思ってくれたことは認めるが、誰も、ナミのことを気にしてはくれなかったのだ。

「今日、ユカリの家に挨拶に行ってくる。会えるといいんだけど」

ナミはユカリが休み始めた時に担任にしたように、トーラ先生に向かって深々と頭を下げた。

「ユカリのこと、よろしくお願いします」

親でも兄弟でもないけれど、家庭に問題がある以上、ユカリを気にかけてやれるのは自分しかいない。でもその自分はまだ子どもで、子どもは蚊帳の外になるのだ。頼りないとは言いながら、大人であるトーラ先生を頼るより手立てがない。すがるような気持ちだった。こうして頭を下げるのは、ユカリだけでなく、自分のためでもあった。クラスで一人ぼっちになったらどうなるか、考えなくても分かるだろう。

これから色々協力してもらうことあるかもしれないが、ユカリのためにもよろしく、とトーラ先生は念を押し、教室を出て行った。ナミはため息をつきながら窓の外を見やる。ちょうど、帰りの会が終わって一番に教室を出た男子たちがじゃれ合いながら門を出て行くところだった。

コウとアヤはユカリと同じく小学生の頃からナミと仲が良い。ユカリほど一緒にいる時間は長くないものの、みんなで美術部に所属し、毎日活動もせずだらだら帰る仲間だ。イナは別の小学校から上がってきて、コウとアヤを通じて知り合った新しい仲間である。三人は揃って二組になれたのでとても楽しそうだ。既にナミと温度差ができている。一緒に帰っている今でさえ、クラスの話を夢中でしていた。完全に内輪の話で、ナミには端々も分からない。

校門を出る頃までは、ナミとアヤ、その後ろにコウとイナ、と二人ずつで歩いていたはずなのに、気づけばナミ一人、その後ろに三人というアンバランスな形になっていた。当然ナミは一人で喋るわけにもいかず、かといって三人の話に入ることもできず、つまらない気持ちを抱えたまま三人のスピードに合わせて歩くしかなかった。クラスでも一人、帰り道でも結局一人だ。

周囲はナミたちと同じく、何人かで帰るグループがあちこちにいる。みんな笑い合って楽しそうにしているのを横目で見ながら、自分一人がはぐれて見えないよう、後ろの三人が笑った時だけでも振り返って作り笑いを見せるのだった。その間、三人の誰とも目が合わず、もう完全にはぐれているのだが、形だけでも独りぼっちには見せたくなかった。しかし、周囲で笑い声が小さくなったりヒソヒソ話すような素振りが見えると、はぐれていることがバレて笑われているのではないかと思い、どうにか三人の話に入る隙はないかと振り返る回数だけが増えた。三人は同じくらいの身長で、ナミは三人より頭半分背が高い。三人が固まってしまうとナミが一人、変に目立ってしまうので、顔を見合わせたりしない限り、振り返るくらいでは疎外感を埋めることはできなかった。しかし振り返る以外、やりようがなかった。

ナミの存在を思い出したようにアヤが後ろから肩を叩く。

「明日、委員決めあるじゃん、ナミも一緒にしようよ」

「え、あ、そそ、そうしよう、うん」

突然話を振られ、吃る。クラスは違ってしまったが、せめて委員会では一緒に過ごそう。三人はそう提案してくれた。今の今、危うく仲間外れにされかけた身としては急に何だこの野郎と思うのだが、その貴重な誘いには素直に飛びつくしかなかった。飛びついて、惨めな気持ちになる。コウとアヤは新聞委員、イナは環境委員で立候補するので、ナミはどちらかにはなってね、ということで別れた。翌日、ナミは新聞委員に決まり、二組では宣言通り、コウとアヤがなった。一組でナミと同じ新聞委員になったのは、スミという内気な女の子で、委員が決定すると離れた席から猫背のまま会釈してきた。分厚い眼鏡越しに顔色を伺うような目が卑しくてみっともないと思った。しかし、アイの仲間でない分マシだった。

席はとりあえずで出席番号順となっていたが、委員決めのついでに席替えも行うことになった。視力が悪かったりして黒板が見えないと困る、という人を優先的に決め、他は先生の作ったくじで引く。

今回ばかりは先生を責めることはできない。何の力が働いたのか、ナミはユカリの前の席になった。位置としては、廊下側の一番前がナミ、その後ろがユカリ、そして、その後ろがソノだった。

クラス全員に背を向けるこの場所は、クラスで一番隙のある場所でもある。針のような視線に刺されている気がして、着席したばかりの今、もう既に居たたまれない気持ちになっていた。壁が目の前にあるようで息苦しい。ソノの周りには仲間がいて、そのせいで気が大きくなっているのが分かりすぎて滑稽だった。アイ以上に騒ぐ時があり、さすがのアイも「ソノうるせえよ」と嗜めることさえあった。そういう雑魚だから、ナミはソノを怖いと思わないのだが、敵に背を向けることは不安でならない。

せめてソノと入れ替えて欲しいと思った。間にユカリの席はあっても主はいないのだから、盾にもなりやしない。後ろからナミの悪口を言うだろう。場合によっては物を投げてくるだろう。案の定、ソノは後に消しゴムの破片を数回、授業中に投げてきたが、先生が気づいて注意したのと（「授業中ふざけるな」程度）、すぐに弾切れをしたために長続きはしなかった。

もう一つ、長続きさせなかったのは、授業と授業の合間の休み時間は机に突っ伏して寝るのではなく、少し教室の中の方を向いてソノに背中を見せないように過ごしたことだった。ソノはナミのことを少し怖がっている節があり、アイや、仲間がいないところでは手を出して来ないのだ。もっとも、アイはうるさいが自分から手を出すような奴ではなく、その点についてはナミも評価していた。ただ、ソノが自分より目立つことは気に入らないらしく、ソノがみんなの注目を集めようと騒いだ時には「うるさい」と睨みを効かせていた。そうして睨まれるソノはやはり雑魚でしかなく、それなら隙を見せないようこちらが気をつければいいとナミは心得ていた。しかし、そう毎日やっていては疲れる。何より、そうしていなければ弱くなってしまいそうな自分の立場が寂しい。

「クラスは、特に何もないよ。思ったほど荒れてない」

ナミはユカリにそう報告した。少しでもマイナスイメージを取るべく、その日に起きた嫌なことは伝えない。逆にユカリは学校のことよりもテレビの話題ばかり振ってくるので、あまりクラスのことを話すまでもないが、いよいよユカリが学校に興味を持たなくなったことを感じ、複雑な思いでいた。ユカリが来ないから私はクラスで一人ぼっちなんだよ。そんなことはとても言えない。だけど気づいてほしい。寂しいよ、と口に出してもユカリはあたしだって、と言う。それなら来てよ。保健室に行っちゃってもいいから、ナミにはちゃんと友達いるんだよって、みんなに見せてよ。私が友達を作っても大丈夫なように、ユカリもみんなと知り合ってよ。そういう思いは頭の中で浮かぶものの、言葉という言葉にはならなかった。

　一人でいることは、実際そんな不都合はなかった。学校では先生の方を向いて授業に出て、休み時間は横を向いて辺りを警戒、給食はみんな班になる決まりに沿って動き、日課が終われば帰る。気まぐれなちょっかいを受けない限りトラブルはない。ただ時折、授業の中でグループを作れという指示が出た時は気が重くなるのだった。一度グループができると次はもっと早く集まる。逆に、一度はぐれると次はどこにも入りづらい。普段どこのグループにも属していないナミは、近くにいる誰か一人をとにかく捕まえてしまえば良いものを、断られやしないか、割り込まれやしないかと二の足を踏んでしまい、そうしているうちに結局はぐれるのだった。はぐれると浮いて目立ち、二人でいるグループにねじ込まれることもあった。ユカリがいれば一人になることもないのに、ユカリを待って友達を作らずにいるナミは損ばかりしていた。内気なグループに入れば「もう一回決めないといけないね、ナミちゃんはどうする?」、気の強いアイ寄りのグループに入れば「うちらある程度決めてたから、ナミは余ったのでいいよね」、などと言われ、どちらも肩身が狭く、ただただ居心地が悪かった。自分だったらアイの仲間であろうと一人はぐれた寂しさを労って温かく迎え入れてやるだろうに、逆の立場ではこんなに邪険にされるとは。悔しい。それでもこの一時間だけ耐えれば終わる。あと十分、あと五分、そう思ってやり過ごした。

家に帰り、洗顔後、タオルで拭いている時だった。何気なく横目で鏡を見ると、負け犬のように自信喪失した自分の姿が写っていた。情けないハの字の眉、怯えたような上目遣いの目、不健康そうなクマ、つまらなさそうに下がった口角。何から何まで不細工に映る。自分はこんな顔で学校にいるのか。こんな顔、バカにされて当然だ。それに対してアイは、性格が悪くても顔が可愛いから何も怖くないのだ。

ナミは自分の顔が憎くてたまらず、持っていたタオルで鏡を叩いた。大した手応えもなければ、タオルが落ちると再び自分の顔が映る。ナミはキーッと癇癪を起こし、部屋からセロハンテープを持って来るとタオルを広げて鏡に当て、上部を何箇所も留めた。それだけでは飽き足らず、新しいタオルを何枚も持ち出しては家中の鏡という鏡に貼って回った。

兄のショウが高校から返って来るなり早速ケンカになる。手を洗いに行ったショウは、鏡にタオルを貼ったのはナミだと、誰に聞くでもなく断定した。

「何も見えないじゃんかよ」

「見なくていいんだよ。そんなに見たきゃ自分で剥がせばいいじゃん。剥がしたら元に戻してよね」

カーペットに仰向けで寝転がり、漫画を読みながらぶっきらぼうに答えるナミにショウは怒りを募らせていく。

「勝手なこと言ってんなよ。バカじゃねえの」

「バカはお前だろ！」

侮辱の言葉にナミは過剰に反応する。急に怒鳴った妹にショウは驚きますます逆上した。

「お前って、誰に口聞いてんだよ」

「お前はお前だよ、自分のことも分からないのか」

「は？」

「は？」

結局、家中の鏡に貼ったタオルはショウによって全部剥がされ、ぶん投げられる形でナミに返って来た。以降、鏡をタオルで隠すことはできなくなってしまった。実際ナミ自身も出かける前に寝癖を直すには鏡を見るしかなく、その時は髪に視線を固定して絶対に自分の顔を見ないようにした。それでも視界の隅でハの字眉毛がぼんやり見えるのに気づくともう腹が立って腹が立って、誰が見ているわけでもないのに嫌味ったらしく自分の影から顔を背けるのだった。

四月の終わり頃から、学校のことが思い出され寝つきが悪くなりだした。眠たくて横になってもちっとも眠れず、何度も寝返りをしてはため息をつく。今日も嫌なことがあったな、あの時こうすれば良かったのかもしれないな、などと反省ばかり繰り返す。しかしもうどこをどう修正したらいいか分からないくらい、ナミの独りぼっちは日常となっていた。明日学校に行きたくない。いっそ風邪でも引いて休みたい。そう思っても、体は元気なままで翌朝には学校に行く。嫌で嫌で仕方ない。眠ってしまうとすぐ朝になって、学校に行かなければならない。仮病を使ってでも休みたいところだが、万が一、本当に万が一、ユカリが登校して自分がいなかったら、自分のように寂しい思いをするだろう。そんな思いを自分がさせる側にはなりたくない。その思いで休むことは選ばずにいる。だけど嫌だ、本当につらい。ユカリのバカ。先生のバカ。何であんなクラスにしたの。毎朝教室に向かう階段でナミはいつもそう思うのだった。

ナミは布団を出て部屋の戸を開けた。居間でテレビを見ていた母親のウミが振り返る。どうかしたの、と問うウミの方へ行き、傍らの座布団に座る。

「全然眠れない。何か観ていい？　観たら寝る」

ウミは録画したドラマを観ている途中だったが、いいよと言ってテレビをナミに譲った。目当てはなかったが適当にチャンネルを回すと、可愛くて元気いっぱいの魔女が箒に乗って街を飛び回っていた。この魔女知ってる、とナミは言い、テレビに見入った。傍らでウミも、何も言わずに見ていた。

自分もこの魔女のように空を自由に飛べたら楽しいだろうな、と思う。そしてその世界のように、学校という箱に押し込まれることなく、使命のもとに仲間と戦っていく、そんな格好良い生き方をしてみたいと思う。

番組が終わってもナミは部屋へ戻る踏ん切りがつかなかった。ウミには普段から学校であったことやユカリのことを包み隠さず話している。昨日もまたグループを作られ、溢れて、入れてもらった。そんな自分の姿を親に報告するのは情けなくて恥ずかしいが、学校やユカリに話せないことを聞いてくれるのはもうウミしかいなかった。

ウミはナミの話を聞くときには、ナミのことを悪くは言わない。かといって、ナミが嫌だと思った相手のことも悪く言わない。前にソノが消しゴムのかけらを投げつけてきたことについても、ナミの反応が知りたいんじゃないかと、悪意を好奇心として解釈してみせた。ソノを擁護するようなウミの言葉にナミは、なぜ自分の味方をしてくれないのかと憤慨したが、後になって考えてみれば確かに、ソノは周りの目を気にしているような奴なので、ウミの解釈が間違いとは言い切れない気もした。もしそうだとしたら、ナミの反応次第でソノとの関係も変わったのかもしれない。だけどそんなこと、まさに辛いと感じているその時に判断なんてつかない。嫌な気持ちでいるのに、憶測でソノを擁護するような考えを押し付けられてもちっともすっきりしない。

今もまたウミに学校でのことを話したくなっているが、また自分とウミの解釈が違っては余計心が乱れてしまう気がして口先をもごもごさせるにとどまった。そんなナミを見兼ねてウミは、頭揉んであげようか、と言う。うん、とナミはようやく重い腰を上げ、布団へと戻った。

ウミはナミの枕元に座り、横になったナミの頭を二度撫でる。母親の温かい手に包まれ、煩わしい考えが溶けていった。

「小さな頭でいっぱい考えてるんだから、疲れるでしょうに」

　ウミに言えば何でも解決すると、小学生の頃はそんな風に思っていた。しかし今は、ウミに話してもなかなか解決しない。ウミを責める気持ちはない。顔を向けて話を聞いてくれるだけでも大きな支えにはなっている。しかし他に頼れる人が思い浮かばない不安はいつも付きまとっていた。今は明日が来ることさえ疎ましい。来もしないユカリを待っている自分を馬鹿だと思うものの、待つ以外何もできないのだ。一人になると知りながら学校に行く日々を、誰が楽しいと感じるだろう。

「もうさ、本当にさ。学校、つまらないいんだよ」

　搾り出すような気持ちで言った。

「あんた、何も悪くないのにね」

　静かにウミが言うと、ナミは目頭が熱くなった。ウミに見えない方を向いていたのは良かった。独りでに口の周りが震えて、両目から涙が溢れてきた。どうして自分だけこんな思いをしないといけないいんだろう。どうして自分だけ、友達が学校に来ないんだろう。感情が高ぶるのをバレないように息を止め、ナミは小さく頷いた。それから数分も経たないうちに、ナミは眠りに落ちた。

　ゴオオ、というジェット機の音が近づいてくる。音はどんどん大きくなり、ナミの鼓膜を破らんばかりに脳内でガンガン響いた。何か大きな、恐ろしい感覚に呑み込まれる。無理やり目をこじ開けて逃げることはできるが、いっそ呑まれてしまおう。ナミはそう思い、抵抗しなかった。すると音は暗く長いトンネルのように大きくなりながらずっと続き、やがてナミの意識をかき消していった。

視界が真っ白になり、サッ、サッ、と何かを払う音が近くで聞こえる。柔らかい箒で床を掃く音に似ていると思うと同時に、視界の白が一部、窓の結露を拭うように欠けた。向こう側に絵筆の毛先が覗く。そしてまたすぐ、その上の辺りの白が欠ける。その先に人の気配がした。手を伸ばしてみるとそこはガラスも何もなく、真っ白な壁は触れた一瞬で霧散した。すると目の前に一人の少女が立っていた。

「ハロー」

彼女はそう言って、胸前で手を振っている。ナミは戸惑いながらも手を振り返す。上半分を束ねた白金色の髪は、残りの毛が肩の辺りでピンと跳ね返っている。半袖がゆったりとした青白いシャツに、燕の尾が付いたひよこ色のチューブトップを重ね、幅の広い白帯を巻いている。裾の広がった七分丈のズボンに足首までの白いブーツ。手には箒と思いきや、ワインレッドの大きな絵筆を持っている。箒であるべきものが絵筆になっているくらいで、まさしく彼女は魔女であった。

「ここがどこか、分かる？」

問われてナミは夢の中と答える。しかし、夢なのに体が自由に動いていることに気づき、首を傾げる。手足を動かしてみても、やはり思い通りに動いている。自分の手をグーパーしながら、

「夢、だよね？」

と独り言のように言うと、魔女は頷き、ここはナミの夢の中だと告げた。へえ、と驚きながら、ナミは自分の夢の中に現れた魔女を興味深く見る。

「あなたは誰なの？」

「私はミーナ、と多分あなたは名付けると思うわ」

「ミーナ？　そうだ、あなたはミーナ」

「ほらね、だから私はミーナというの。見ての通り、魔女なの」

ナミは何か言わなければいけないような気がしたが、頭がよく働かなかった。しかし夢ということは分かっているが、夢とは、夢と認識できるものだったろうか。こんなに自由自在に動ける夢なんて、これまで経験したことなどなかった。

「ここでは私以外、何でもナミの思い通りになる。試しにジャンプしてみて。ナミが跳びたいと思う高さまで」

言われるがまま、ナミは夢の底を蹴った。すると、まるで重力を失ったように体が軽々と舞い上がる。ミーナの背丈の何倍も上昇し、ミーナがどんどん遠ざかる。わあ、とナミは感激した。ナミの思う高さまで上がると失速し、今度は下降し始める。

「あ、怖い怖い」

こんな高い所から落ちるなんて経験はなく、どうやって着地すればいいか分からなかった。ミーナがクスクス笑いながら見守る中、少しでも衝撃を和らげようとつま先から着地するが体勢を保てず、ポテッと転ぶ。痛くはなかった。転んだまま唖然とする。

「平気でしょう。夢だから、どんなことも、ねえ話を聞いて」

ナミは面白くなって、ミーナの話も聞かずもう一度跳び上がってみた。さっきよりももっと高く高く！　そうして太極圏を超えた。今度はうまく着地したものの、地球は青かったというナミの報告にミーナが抱腹絶倒したためナミもつられて笑い転げた。

「どうして夢の中で自由に動けるの？」

ナミは笑いながら尋ねる。するとミーナは小粋にウィンクをして見せた。

「ご褒美よ、ご褒美。あなたはよく頑張っているもの」

ナミは胸がいっぱいになった。辛さを超え、夢を自在に操る力を手に入れてしまった。ミーナという専属の魔女もいる。今まさに夢の中だが、こんな夢みたいな出来事が普通の人に起こるだろうか。ナミは自分だけが特別な力を得たことにワクワクした。


新聞委員会では毎月、学校全体の行事報告と、学年ごとの報告を載せる。放課後に広報室に集まり、それぞれの担当する作業をし、ナミはコウ、アヤにスミを加え、四人で挿絵を描いていた。スミはイラストが得意で、流行りの漫画のイラストをそっくりに描き上げた。ナミもイラストは得意で、よくユカリと一緒に絵を描いて遊んでいた。漫画も描けるがスミの方がうまかったので引け目を感じ、スミが描いたイラストに背景をつけるだけにした。スミの人物とナミの背景で小さな合作が生まれる。完成した挿絵をコウとアヤはすごいすごいと褒めちぎった。大半はスミの力ではあるが、共同で描いたナミは満更でもなく、スミと顔を見合わせ笑い合った。

その時、ユカリの顔が脳裏をよぎり、ナミの顔から笑みが消えた。ユカリ以外の人と絵を描いてしまった。胸の奥で血が滲むように罪悪感が広がる。それきりナミの口数は減り、言われたことに対して作り笑いで答えるくらいしかしなかった。もう一枚挿絵の背景を描こうとペンを握るものの、何も浮かばず無意味な線を重ねるだけに終わった。

五月末の三日間は開校記念日と土日で三連休となり、その連休明けの夕方、ユカリから電話が来た。

「学校新聞見たよ。背景とか、ナミが描いたんでしょ。相変わらずうまいなあ」

新聞はトーラ先生がほかのプリントと一緒にまとめてポストへ届けてくれたのだという。久しぶりにナミの絵を見たユカリはナミの絵を褒め、その挿絵のメインにスミが描いたイラストも素敵だという。しかし、ナミには褒め言葉に聞こえず、ユカリに責められているような気がして苦しくなった。

「スミ、結構いい子だよ。静かだけど、話すと面白かった」

――私、スミと仲良くしてもいいかな。

「へえ、でもあたし知らない子だからよく分からない」

――そんな話、聞きたくないから。

それほど人数の多くない学年だが、ユカリは未だスミを知らない。ユカリは早速人見知りをした。それでもどうにか学校に興味を持ってもらいたいと思い、ナミは面白かった出来事を思いつく限り聞かせた。するとなかなか釣れないユカリは、挙句、こう言った。

「ナミ、楽しそうだね」

受話器を持ったまま、ナミは何度か口を開閉したものの声が出なかった。楽しい、楽しくない、どっちを言うべきなのか。どっちを隠すべきなのか。少しでも学校に興味を持って欲しいという気持ちに変わりはないが、ナミがユカリなしでも楽しくやっているように思われては困る。ナミは、ユカリが自分の存在を否定し自暴自棄になるための理由をナミの言葉に探しているような気がして怖かった。

「トーラ先生さ」

瞬時に思いついたのは、話題を変えることだった。

「トーラ先生？」

「うん、トーラ先生さ、よくユカリの家に行ってるの？」

「まあ。一回も会ったことないけどね。だいたい来る時って、あたしが寝てる時だったりするし」

　ユカリはこうして夕方ナミに電話をかけるまで寝ているのだ。そのせいで夜中眠れず、昼夜逆転した日を送っているという。せっかく変えた話題も、ユカリがトーラ先生に無関心なのですぐに終わってしまった。

「ナミは、連休どこか行った？」

　今度はユカリの方から切り出す。ううん、とできる限りやんわりと答える。

「どこにも行ってない。お母さんと買い物したくらいかな。ユカリは？」

「新しい家、見てきた」

　へえ、とナミが言ったきり、短い沈黙が起きた。ユカリは何も言わず、ナミもしばらく黙っていたが、やがてナミの方から口を開いた。

「遠いところなの？」

「うん、車で二時間くらいだったと思う。あと、今日で苗字も変わった」

　そっか、と言いながらナミは目を閉じる。たくさんＳＯＳを見ていながら、何もしてあげられなかった。ナミがユカリの親に言って変えられるものではなかったけれど、今は自分が無力であると痛感した。ユカリの声はいつも通りだった。もうとっくに心は砕けていたのだ。

　学校で苗字はそのままでいいと言う。

「引越しはいつなの？」

「一学期が終わったらすぐ」

　あと二ヶ月もない。

「一学期終わるまでなら、少しでも一緒にいようよ。学校においでよ」

カレンダーを見て、ナミは急に寂しくなり、ついいらぬ事を口走ってしまった。電話の向こうでふうぅ、と息を吐く音が聞こえ、ユカリは声を荒げた。

「何でそんなこと言うの。調子が悪いから休んでるんだよ。無理だから休んでるのに、そんなこと言うのやめてよ」

　学校に来て。一緒にいる友達がいるって、みんなに証明して見せて。そうしたナミが無意識に持つエゴは、ユカリには大きな負担でしかない。分かっていたのに、焦るあまり、言うまいと努めてきた言葉を口に出してしまった。ユカリが怒りを見せ、信頼を損なったと気づく。ナミは後悔しながら、ごめん、と言った。するとユカリは突然あっはっはと笑い出した。

「嘘だって。分かったよ、頑張るから、学校で待ってて」

どの言葉を信じるべきか迷うものの、ナミは罰が悪く、うんと静かに言って電話を切った。

18:29

第二章　ナミの課題

帰りの会が終わった後、トーラ先生に窓辺で話そうと誘われた。トーラ先生は、ナミがいつも一人ぼっちでいることを気にかけていた。そしてそれが、ユカリを待つためにナミが自ら周囲と距離を置いているということにも気がついていた。

「ユカリに遠慮してないか」

別に、とナミは短く答える。そのぶっきらぼうな答え方は先生を余計に心配させた。

「二組にはコウやアヤもいるし、ナミはユカリだけが友達というわけじゃない。一組でも仲良く出来る子は居るんじゃないか」

「多分居ますけど、ユカリ、人見知りするんで。もし学校に来て私が別の子と一緒にいたら、それこそ居場所なくなっちゃうんで」

「みんなと仲良くなって、そこにユカリを迎えてやるでも良いと思うけどな」

「ダメなんです。ユカリはそういう子じゃないんです」

ふむ、と先生は考え込んだ。先生の言う事は分かる。遠慮していないと言ったがこれがまさしく遠慮であると、ナミは言いながら気づいた。しかし、指摘されて気づいたからと言って、じゃあ他の子と仲良くします、と切り替えるわけにもいかない。

「僕はまだ一度もユカリに会えていないから、何とも判断がつかなくてね。学校に居る間はナミの様子しか見ていないけども、ユカリに遠慮してみんなと距離を置いているように感じるんだ。ユカリはユカリでどうするべきか考えなきゃいけないけども、ナミにはナミの学校生活があるんだよ」

ナミは黙ったまま先生を見つめた。トーラ先生の気遣いは嬉しいが、今はありがた迷惑としか思えない。ナミの学校生活は、ユカリありきなのだから。

友達を作ろうと思えば作れるとは思う。スミや、他のクラスメートが自分と関わろうとしてくれる気配はあるからだ。でもそれに甘えて自分だけ楽しく過ごすなんて出来ない。もし毎日が楽しくなってユカリを一番に考えられなくなったら、それは一人で闘っているユカリに申し訳ない。それに、見捨てられたと感じたら、ユカリは何をするか分からない。

ユカリは心の具合が悪いと、電話の向こうでハサミの音を立てるのだ。シャキシャキと、何か切りたいと言いながら。初めて聞かされた時はギョッとして、話そう、会おう、今行くから、と家に駆けつけたのだった。しかし到着した頃、ユカリは寝てしまったと門前払いされ、翌日電話が来るまで不安で何も手につかなかった。そうしたユカリの衝動に火をつけることがとても怖いのだ。今はハサミの音を聞くだけで身震いがする。

先生は困り果てた様子だった。考えてみれば当然だ。ユカリを長く知るナミでさえ八方塞がりだというのに、この先生は本人と会った事もなく、突然押し付けられたのだから。いっそ熱血じゃない方が先生も楽だったのではないかと思う。

「先生」

ユカリ、転校しちゃうんです。口の先まで出かかったが、ナミは噤んだ。代わりに、

「もう少し、ユカリのことを待っていたいです」

と言った。転校することも、苗字が変わったことも、きっとユカリは先生に伝えていないだろう。ユカリの親も、そういう大事なことをきちんと学校に伝えていないと思う。だから何も解決しないのだ。そうか、と先生は煮え切らない風ではあったが引き下がった。抱えちゃダメだよ、と言い残す。はい、と言ったものの、ナミが先生と気持ちを合わせる事は出来なかった。

ミーナは絵筆に乗って現れた。

「ハローハロー、今日もハロー」

陽気な声を聞くだけでナミは救われた気になる。綿のように音もなく舞い降りたミーナは絵筆を肩に立てかける。柄がワインレッドの素敵な絵筆をナミは物欲しそうに眺めた。

「それ、どこまでも行ける？」

ミーナは頷き、行けるよ、乗る？　と言う。再び絵筆に乗ると背中を見せ、膝を曲げてナミが跨げる高さまで下げる。ナミが跨ると、絵筆はふわりと宙に浮いた。わあ、とナミが喜ぶ声にミーナ得意げな顔をして、街を広く見渡せる高さまで上昇した。

「すごい、本当に飛んでる！」

高所は得意ではないが、ミーナの腰にしっかり抱きついているのであまり怖くはない。空は青く、緩やかに風も吹いている。

「現実ではこんなこと出来ないでしょ。だから今のうちに行きたいところへ行きましょう。場所は言わなくても良いよ、分かるから」

頼もしかった。空を飛べなくてもいいから、ミーナが現実にもいてくれたら良いのにと思った。

ミーナが向かったのはユカリの家だった。ベランダのある窓辺でユカリが足を投げ出して座っている。学校へ行くつもりだったのだろうか、制服を着ていた。体まで壊して無言の抵抗を続けた末、苗字と居場所を奪われたユカリの姿が不憫でならない。

「ユカリ、ユカリ」

手を振ってみるが、ユカリは反応しない。ミーナが肩越しに言う。

「あっちは今、現実だから私達は見えないよ」

「それって私は今、幽体離脱しているってこと？」

「いいえ、ナミは今、夢の中でユカリのところに来ているだけ。魂が抜けているわけじゃないの」

「ふうん、よく分からない」

やっとユカリと会えたのに。ユカリは抜け殻のようにぼんやりと空を眺めている。ユカリはこんなところで何をしているのだろう、一緒にいられるはずの時間を無駄にして……。何の感情も映さないその顔を見ていると、ナミは何だかイライラしてきた。

って見せる。
ミーナは振り返らずに言った。え？　とナミは目を瞬かせ、取ってつけたように笑
「嫌いになんてならないよ、ユカリは大好きな親友だから」
そう言おうとして目が覚めた。
夢でユカリの家に行ったという話をしたら、ユカリは笑った。
「手を振ったの、本当に分からなかった？」
ナミは奇跡の力にはしゃいでいたが、ユカリは笑うだけで信じてはくれない。
「気づくわけないじゃん、夢なんでしょう。ナミ、大丈夫？」
「大丈夫だよ。でも本当だよ、夢で空飛んでたの。今度はユカリも夢見てる時に行く
よ。そうしたら電話なんてなくても遊べるよ」
分かった分かった、とユカリは笑いながら言った。何と言えば伝わるのだろうか。
夢は夢でも、特別な力を持った夢だということを伝えようとしても、ユカリは単なる
夢の話と受け取るばかりでなかなか理解してくれない。電話を切った後、ナミは不完
全燃焼でため息をついた。

朝の会が始まり、トーラ先生はナミを見てニコニコしている。なんだろう、とナミは訝しむ。クラスのみんなや、常に何か喋っているはずのソノまでもが静まっていた。視線が自分に集まっているのが背中でも分かる。不思議な状況に戸惑い辺りをキョロキョロしていると、トーラ先生は廊下の方に手を伸ばして「はいどうぞ！」と言った。するとﾞ瞬時に扉が開き、

「ぱーん！」

と両手を広げたユカリが元気よく飛び込んで来た。

「ユカリ！」

ナミは驚き、思わず立ち上がった。ユカリは両手でVサインを作り、大成功、と言って笑う。トーラ先生や周りのみんなもユカリのようにVサインをしたり、拍手をしたりと盛り上がる。

「大成功って、どういうこと？」

ユカリは一人だけ状況を呑めずにおろおろしているナミに歩み寄ると、その両手をギュッと握った。

「ナミ、ありがとう。本当はあたし、すごく元気なの」

え？　とナミが素っ頓狂な声を上げると、ユカリは懐かしそうにまた笑う。確かに顔の血色は良い。

「ナミは選ばれていたの。どれくらい友達を大切にするかの実験だったの」

「と、言うことは」

「転校も、病気も、全部ウソだよ！」

「え、ウソ？　やだ、本当？」

ナミは錯乱してややこしい口癖を繰り返した。そんなナミを見てユカリはあっはっはと楽しそうに笑う。

「今まで寂しい思いさせてごめんね」

みんなが拍手する中、ユカリはナミを抱き締めた。やせぎすな、骨っぽいユカリの腕。ああ、ユカリがここにいる。もう一人じゃない。ナミは嬉しさのあまり目頭を熱くした。

拍手の音がはたと止む。目を開けると全てが真っ黒な闇に包まれていた。涙が零れそうなほどこみ上げていた喜びが萎れていく。ユカリに抱き締められた感覚を忘れたくなくて、何も考えない時間を少しでも長く保とうと頭を空にする。しかし、やがて暗闇に目が慣れ、机の影や、電気のスイッチに貼った光るシールが見えるようになっていった。ユカリが学校へ来たことも、転校や病気がウソだという告白も、単なる夢の一部になってしまった。

チチッと机の上で腕時計のデジタル音が鳴る。今何時になったんだろう。言葉ではなくぼんやりと思った。そしてそれ以降何の音もしない部屋の中、夢と現実の温度差にがっかりする。どうして目が覚めてしまったのか分からないが、もう少し夢の続きを見ていたい。幸い体はまだ眠たいようだ。溶けていくように意識が薄れていく。ナミは抵抗せず再び眠りについた。

「まったく、思わせぶりな夢はやめてよね」

ナミがそう言ったのは夢に入ってからだった。

「同じ夢に戻れなかったし」

近くには横にした絵筆を抱えて座り込むミーナがいて、ナミの独り言を真顔で見ていた。その視線に気づき目が合うと、ナミはミーナにすがりついた。

「ねえ、今の夢見てたでしょう？　ミーナの魔法で正夢にできないかなあ」

ミーナはニヤっとした。

「できるよ。さすがだね、ナミ」

本当？　とナミは目を輝かせる。ミーナは立ち上がり、筆先をそっと下ろすと、鼻歌を歌いながら夢の底に大きな円を描き始めた。その曲が『魔王』の「おーとーさんおーとーさーん！」のところだと気づき、ナミは腹を抱えて震えた。描いた線は水のように透明な跡を残し、すぐ乾いて消えていく。ミーナが描く範囲は大きく広く、ミステリーサークルやナスカの地上絵を思わせた。

「魔法陣？　それ魔法陣？」

描き終わったら跡が光って何か起きるのだろう。ナミが興味津々に近づくと、ミーナはきょとんとした。魔法陣？　何それ。そう言わんばかりの顔で。

そこで二度目の夢から覚める。すっかり明るくなった部屋の天井を見つめたまま、ナミはしばらく呆然としていた。ミーナはとぼけていたが、あれは魔法陣に違いない。途中で目覚めてしまったので最後まで描ききれなかったはずだが、その場合は、魔法も効かないのだろうか。確かめようにももう学校へ行く時間だった。

昼休みにテスト勉強をしている時だった。落ちてたよ、という声とともに誰かが机の上に手を乗せてきた。その手にはナミの消しゴムがあった。気付かないうちに落としていたらしい。こんな気の利く親切な子、うちのクラスにいただろうか。もしやミーナの魔法が違う形で効き始めたのか。ドキドキしながら、お礼を言おうと思い手の主を見上げる。しかしナミはうっ、と言葉に詰まった。目の前に、アイがいたのだ。
ナミは驚き身構えたが、消しゴムを拾ってくれたのがアイだということに気づき、「あっ」と言った。何かが変わる。そんな予感がして、じわじわと嬉しさが湧いてきた。
アイはすでにナミに背を向け廊下へ出たところだったので、お礼を言わなければと思い、慌てて後を追った。

「アイ、ありがとう！」

その声は廊下に響き渡った。思ったより大きな声が出て恥ずかしかった。人と話す機会がないと声の出し方も忘れてしまうのだなと呑気に思う。アイが振り向く。ナミは彼女が笑いかけてくれることを期待した。ところが。

「チッ」

大きな舌打ちをし、アイは気だるそうにナミを睨むのだった。ナミは絶句し、一気に耳まで熱くなるのを感じた。信じられない！　と何度も頭の中で叫ぶ。お礼を言って、舌打ちをされる理屈が分からない。それも、大勢が見ている前でされるなんて。ソノを従え歩き出すアイの背中をこれでもかというくらい忌々しく睨み、ナミは唇を噛み締め、喚きたい気持ちをグッと堪えた。

アイと仲良くなれる。アイが味方になる。そうすれば、一人も怖くなくなる。少しでもそんな風に期待した自分が悔しい。消しゴムを拾ってくれただけで、わざわざ廊下まで追いかける必要もなかったのに。アイにはきっと、一人ぼっちの私に優しくしてくれてありがとう、とナミが媚び売っているように見えたのだろう。嬉しさのあまり大声で愛想を振りまいてしまったのは事実だが、舌打ちするくらいなら消しゴムなんて拾って欲しくなかった。バカにされている。一人でいるから完全に舐められているのだ。ユカリがいたらきっとこんなことにはならなかっただろう。すぐ傍にいなかったとしても、学校にいてさえくれれば泣きつくこともできたのに。周囲から視線が集まり居たたまれない。ナミは平静を装い、誰とも目を合わさないようにして教室へ戻った。

アイにも自分にも腹が立ち、その怒りは次の授業が始まっても鎮まることはなかった。ちょうどトーラ先生の授業で、みんな教科書やノートを開く中、ナミはアイが拾った消しゴムを爪でちぎっていた。拾ってもらえて嬉しいと感じた記憶を消し去るように、小さく小さくちぎっていく。消しゴムの破片が爪の間に入り込む、中途半端な柔らかさが歯痒くて気持ち良い。本当は髪を掻きむしったり自分の腕に爪を立てて引っ掻いたり、怒り苦しんでいることを誰かに見せつけてやりたかったけれど、後ろから見てどう思われるかが怖くてやめた。しかし物に当たらずにはいられなかった。悔しさは収まるどころかどんどん大きくなっていくばかりだ。

せめて先生は気付いてよ。そう思って消しゴムをちぎり続けていたが、先生は溜まった消しゴムの破片を見ていながら何も言わなかった。先生は大人なのに、どうしてユカリの問題を解決してくれないのだろうか。そう思っていたけれど、どうやらその問い自体に誤りがあったようだ。解決してくれないのではなく、解決できない、なのだ。こんな消しゴムをちぎる程度のＳＯＳに足踏みしているようでは、ユカリが全身で表すＳＯＳになんて先生自身が押しつぶされてしまうのだろう。ナミが思うほど大人は強くなかった。アイへの怒りに加え、先生への失望はナミの心を一層暗くしていった。

消しゴムをすべてちぎり、ちぎるものがなくなると机の上で拳を握り、震える息を細く吐き続けた。

「何してんの？」

先生の代わりに声をかけてきたのは、隣の席のリクという、坊主頭の快活な男子だった。消しゴムをちぎるナミを軽蔑する素振りは見せず、ただ単純に何をしているのかと訊いている。ナミは問われて初めて、自分の行動がみっともなく感じた。

「別に、ただ消しゴムちぎってただけ」

「もったいねえ」

「いいの、もういらないから」

ナミは感情任せに愚行に走ったことを隠そうと意地を張る。リクは怪訝な顔をしたが、ふうんと言ったきりそれ以上追求はしてこなかった。気づいてもらえて良かったはずなのに、ナミは恥ずかしくなった。リクに言われて初めて、自分でも「何してんだろう」と思った。先生や周囲のみんなにどう見られることを望んでいたのか、自分でもよく理解できなかった。ただ、今の自分は理想にかけ離れていることには気がついた。

もう学校に行きたくないと心底思った。それなのに体だけは元気で休む理由もなく、渋々学校へ行く。行くなら少しでもそこに滞在する時間を減らそうと、朝は遅刻ギリギリの時間に家を出て、放課後は誰よりも早く教室を出るのだった。現実のことなど一秒たりとも考えたくない。帰ってからユカリの電話が来るまでの間、小説を読むか漫画を読むかして学校のことを忘れた。そうして漫画ばかり読んでいるナミに、少しは勉強しろよとショウが言う。ナミはやだと吐き捨てる。毎度のことながらショウはムッとしたが、落ちぶれた妹の姿を見ると一旦は怒りを我慢した。

「学校、つまらないのか」

「学校の話はしないで」

ナミは仰向けになって漫画を開いたままぴしゃりと言う。ショウの眉間にしわが寄る。

「何だよお前、人がせっかく話聞いてやろうとしてるのに」

「誰も聞いてなんて言ってないでしょ。余計なお世話だし」

抱えず吐き出せばいいと思い、ショウは妹の愚痴に付き合うつもりでいるが、ナミは話すために思い出したくないのだった。そうしてナミが八つ当たりをして憎まれ口を叩くものだからショウも意地になり、結局口汚く罵り合うことになる。

「性格悪いなお前、そんなだから友達できないんだろうが、バカ」

侮辱され、ナミはムキになって体を起こした。読んでいた所で指を栞にしたまま漫画を閉じる。

「友達くらいいるよ、バカ！　勝手なこと言わないで」

「その友達って誰だよ、どうせまたユカリとか言うんだろ？」

「ユカリじゃいけないの？　本当に友達なんだけど。兄ちゃんなんかよりずっと信頼できる友達なんだけど！」

ナミの言い方にショウは不服そうな顔をしたが、テーブルの椅子に腰掛けると鼻で笑ってみせた。

「ユカリユカリって、お前、そのユカリは学校に来てないんだろ？」

「そうだよ、だから何？」

「他に友達作れよ」

「いらないし。ユカリがいるのに作る必要ないでしょ」

作れよと言われてできるなら苦労なんてない。今の状況で簡単に友達ができるような言われ方はされたくなかった。とはいえ、自分の置かれている情けない状況を説明するのは苦痛なのでしない。とにかく友人関係についてはショウに触れて欲しくなかった。しかし、そんなナミの思いなど察することなく、ショウはいつまでも追求しようとする。

「ユカリにこだわってるから友達できないんだろ。何でそこまでして頑なに周りに壁を作るんだよ」

「別に頑なになんかなってない。私はユカリと一緒にいたいだけで、ユカリがいない代わりに他の友達といたいとは思わないの」

「だから、いつまで待ってるんだって。言っちゃ悪いけど、俺からするとユカリなんかお前のこと放ったらかしてるだけにしか見えないぞ」

事実かもしれないが、ユカリのことを悪く言われ、ナミは急に頭に血が上った。

「人の親友を悪く言うのやめてくれる？　すっごいムカツクんで！」

ナミが怒鳴るとショウは呆れ、肩をすくめた。

「はいはい、もう言わねえよ。まったく、本当お前バカだな」

「うるさいっての！」

もう話したくなくて、ナミは立ち上がると漫画を持ったまま自室へ向かった。ドシドシとわざと床を踏み鳴らしながら歩く。うるせえなあというショウの小言をまた罵詈雑言で返す。そして部屋の戸を力いっぱいに閉め、指を栞にしていた漫画を思い切り床に叩きつけた。確かに腹は立っているが、漫画の角が折れてしまわぬよう、面で落ちるように調整はする。そういう冷静さがある自分も嫌だった。

ナミはまだイライラしていた。自分の机の前に立ち、その見慣れた天板に鞄を思い切り叩きつける。大きな音がすると身構えていたのに、鞄はパフッと間抜けな音を立てるだけだった。

「あーもう！」

余計に苛立ち、ナミはその場で地団駄を踏んだ。すると近くでクスクス笑い声がした。顔を上げると、隣の席に本を開いたままのユカリがニコニコして座っていた。ナミが鞄を振り回していたことなど気にも留めていない様子だ。

「何笑ってんのさ」

ナミはユカリを睨み、低い声で言う。するとユカリはハッとして真顔になった。

「また実験だって言うの？」

詰め寄るように訊くとユカリは萎縮しながら頷く。ナミは大股でユカリの席に向かうと、机の脚を蹴っ飛ばした。ユカリが座っているせいでそれほど遠くへ飛ぶことはなかったが、大きな音がして、ビクッとユカリの肩が跳ねた。

「いい加減にしてよ、私がどんな思いで待ってるか考えてよ！」

我慢してきた分、思いの丈をユカリにぶつける。ユカリはナミを見上げようとしたが断念し、怯えて目を伏せた。どうせこれも夢なのだ。夢の中くらい言いたいこと言わせてもらおう。そんなことを考えながら、ナミは堰を切ったように怒りをぶつけ続けた。しかし、やがてユカリがうなだれたまま「ごめん」と言い涙を拭い始めるのを見て我に返る。

「なんてね、この前の仕返し」

心が痛み、ははっと笑ってごまかしてみるが、ユカリは泣き止まない。

「ごめん、ナミ。あたし最低だよね」

そう言うユカリの手には、いつの間にか銀色のハサミが握られていた。目を閉じたまま涙を流し、長い髪にハサミを差し込む。シャキ、シャキ、と切る音がしてユカリの髪が落ちていく。しかし、切ったはずの髪は一向に減らない。

「ユカリ、やめなよ」

ぞっとするようなハサミの音に耐え兼ねナミは言う。しかし口で言ってもユカリはやめず、ごめんねごめんねと言いながら尚も髪を切り続ける。

「ねえやめて」

ナミは耳を塞ぎ、目を閉じた。ハサミの音がぱたりと止み、再び目を開けるとそこにユカリの姿はなかった。教室に一人となり、ナミは虚しくなってグズグズ泣き出した。しかし涙が出ず、うまく泣けなかった。

涙の出ない、乾いた目を拭うと、ナミは丸太でできた床に座っていた。そこは林の中に設けられた砦型のアスレチックで、小さい頃によく遊んだ場所だった。ナミはその砦の広い部屋にいて、ナミの他にはリクと、アイからはぐれた腰巾着の一人、オトがいた。ナミは制服のままだったが、二人はTシャツで現実の身長よりも低く、小学生の姿だった。突然現れたナミに驚いた様子でいる。明らかに自分の方がお姉さんなので、幼いオトが可愛く見えた。ナミは何の警戒心も抱かずウキウキした気持ちで二人に近寄る。

「今、授業中だよね。もしかして、二人も居眠り中？」

二人は一度お互いの顔を見合わせ、ナミの方を向き直って頷いた。

「私も今、居眠りしているの。すごいね、現実ではみんな授業受けてるのに、私たちは夢の中で会っているんだね」

そうかな、とリクは首を傾げる。まるで珍しいことでもないと言わんばかりの口ぶりだ。オトはリクに加担するように頷き、さりげなく彼に寄り添う。二人がそんな仲だとは知らなかった。現実では接点がないように見えていたが、夢の中で会っていたとは驚きだ。ナミは夢の中で知り合いと話すのは初めてではしゃいでいた。夢ではあるが、夢の中でこうして会えることも現実の一部だという証明が欲しかった。ナミの提案で試しに合言葉を作り現実で言ってみようということになった。オトは目覚めたのか、消えてしまった。

「押忍《おす》って言ったらメスって返すのはどう？」

ナミの安易な提案に、それでいいとリクは頷く。

「じゃあまたあとで」

うん、とナミはリクに手を振る。

がくんと頬杖が崩れ、目が覚める。チョークが黒板を叩く音がはっきりと聞こえた。居眠り終了。頭がぼんやりとしていたが、リクとの約束を思い出し、彼を見る。リクはすでに目覚めていたのか、シジミのような目がパッチリと開いていた。その目を見つめながら、ナミは思い切って「押忍」と言った。するとリクはナミを見返し、

「メス」

と間髪入れず答えた。期待していた割に、ナミは自分の耳を疑い、ニヤニヤと上がる頬を両手で抑えた。

「お、押忍」

もう一度言うと、やはりリクは「メス」と答える。

「すごいね！」

とうとう夢と現実がつながった。ナミは感激し、思わずリクの方に身を乗り出した。

「そこ、授業に集中しろ」

先生に注意され、ナミはしゅんと縮まる。背後でソノが仲間とクスクス笑うのが聞

こえた。リクはきょとんとしていた。

授業が終わり、リクに事情を説明する。居眠りをしている夢の中で会ったこと、そこで合言葉を作り、現実でその合言葉が一致したこと。しかし、共感を求めても今ひとつリクには理解できないようだった。居眠りもしていないという。ではメスといったのにはどういう意図があったのか尋ねると、彼は「押忍と言われたらメスと答えるのは普通だしマナーの領域」と真顔で答えた。


結局リクとの合言葉は単なる夢でしかないということが分かった。しかし夢を操れる力がかなり惜しいところまで及んでいるとナミは感じた。ナミは家でも学校でも、居眠りに力を注いだ。授業が始まって間もなくうとうとし始め、一番前の席なのに思い切り居眠りをする。厳しい先生の前では何とか我慢するが、眠り癖がついたのか、一日中眠くてボーッとしていることが増えた。

「ナミちゃん大丈夫？　体調悪いの？」

誰かがそう心配することもあったが、大丈夫だよ、と適当に返事をし、それが誰だかすぐに忘れてしまった。ちょっとでも目を閉じれば夢の扉が開く。それだけで嬉しくて、勝手に顔が笑っていることもあった。さすがに一人で笑っては周りに気味悪がられてしまうので、結局、机に突っ伏して寝るという禁断の方法を取るようになっていった。

「ハローハロー、今日もハロー」

今日のミーナは絵筆をスケボーのようにして、足で蹴って進むという登場パターンだった。ミーナは絵筆のスケボーを教卓の前で華麗に止めてみせる。

「あれ、ここは教室ね。ということはナミ、今は授業中じゃないの？」

「そうだよ。もうつまらなくって、居眠りしてるの」

「あれまあ、先生に怒られるよ」

「怒れるもんなら怒ってみろって感じ」

先生たちはナミが辛い思いをしても助けてくれない。それでも一生懸命学校に来ているナミを、居眠りくらいで叱れる立場にはないだろう。それがナミの言い分だった。

「ねえ、絵筆を貸して」

言われるがまま、ミーナは素直に絵筆を渡す。ナミは絵筆に跨ると、底を蹴ってふわりと浮かんだ。夢の中とはいえ、風も吹くし、太陽の熱も感じる。ナミの夢はほとんど現実と変わらず、むしろ現実よりもずっと楽しい。体を思い切り傾け、ミーナの上空を旋回して見せた。

「二人で飛ぶの、うまくなったでしょう?」

ミーナは見えない階段に腰を下ろし、飽き飽きした様子でナミを見ている。

「飛んでばっかりも良くないのよ」

ナミは旋回のスピードを落とし、ミーナの前に降り立つ。

「ミーナ、学校に来てよ」

「むーりー。むーりーむーりー」

ミーナは陽気に、歌うように否定した。そしてさりげなくナミの手から絵筆を取り返し、今度は自身がナミの周りを旋回する。その影を追いながらナミは笑顔で喋り続けた。

「もう少しで夢と現実がつながるの。そうしたら私たち、現実でも会えるよ」

するとミーナは急に下降し、険しい顔を見せた。

「ナミ、すぐに起きて」

そのグレーの瞳に影が差す。不吉な予感がしてナミは怯んで後ずさりした。背後に人の気配を感じて振り向いた。

はっと目を覚ます。慌てて教科書に目を向けるが、そこに書いてある横文字が英語なのか何語なのか理解できなかった。教卓の方を見ると、そこには確かに先生がいるものの、それが誰なのか分からなかった。視界の隅では色があるのに、直視するとすべてが真っ黒な影になってしまうのだ。その影はじっとナミが発言するのを待ってこちらを見ているが、ナミは影と目を合わせないように視線を外したまま様子を窺った。

これも夢だ、と気づく。しかし自由に動けるものの、怖くて動けない。もしナミが発言したり席を立ったりすれば、あの影は自分を追いかけて来るだろう。何となくではあるがそう思った。ミーナはこの夢にはいない。はぐれてしまったようだ。

時間の流れが止まったように感じた。影と自分だけが教室にいて、奇妙な空気が漂っている。この夢を振り払うには、全身の力を使って寝返りなり何なり、現実で体を動かすよりほかない。普段の意識がある時に比べてその何倍も負荷がかかる。ちょうど、プールから上がる時に水が張り付いてくるように重いのだ。体力を消耗する感じが不快で目覚めは自然に任せているが、今は、自力で目覚めないと危険だと思った。

現実では授業中ということは頭にあり、変に動いて目立たないように気をつけた。

全身に力を入れ、両手の指先に神経を集中し、その指を真っ直ぐに伸ばす。それから肘まで。

「静かにね、静かにね」

自分の体に念じる。海の底でビート板を手放したように、意識が急速に上がっていく。そして海面から飛び出すように、ナミの意識は現実に戻った。ひゅっと大きく息を吸い込み、驚いて体が飛び上がる。足が机を蹴り上げ、ガタンッと大きな音がした。

「ワッハーペーン？」

黒板に長文を書いていた英語の先生が怪訝な顔でナミを見る。まだおかしな夢をみているのかと恐怖を抱いたが、間もなく「どうかしましたか」という意味だと理解し、何でもありません、と顔を真っ赤にして縮こまった。みんなナミのことを一斉に笑ったが、現実だと分かりホッとする。しかし奇妙な夢が尾を引いて、心臓がバクバク鳴る音がしばらく止まなかった。

第三章　夢から覚める日

体育の時間、輪になってバレーのラリーをするためグループを作れと言われ、ナミはいつものように溢れた。そして先生が入れてやってと言い、わざわざアイやソノのいるグループに入れられてしまった。ナミもアイもお互い嫌な顔をしたが、先生の手前従うしかなかった。ナミの学校では体育のみ二クラスずつ、男女別で授業を受ける。二組が一緒なのでコウやアヤもいたのだが、既に二組のメンバーでグループができていたのでナミが入る隙もなかった。ナミが溢れてしまったと先生が言って初めてその存在を思い出したようで、コウたちは遠くで罰悪そうに顔を見合わせていた。一人くらいオーバーしても平気だからおいでよ、と言ってくれるのを期待したが、みんなただナミがどのグループに入れられるかを見ているだけだった。

見よう見まねで球を打つと、思った方へ返せず何度も足を引っ張ってしまった。下手で申し訳ないと思いながらも自分の中では色々工夫しながらやっていたが、ある時、球を打つ手のフォームが違うことをソノに指摘され、メンバー全員に笑われた。笑いながら「こうだから」と言うので苦々しく思いながら指摘されたように手のフォームをやり直した。笑われたことよりも、先生がどうして手のフォームを教えてくれなかったのか、そのことに憤慨していた時だった。

「痛い！」

バシッと後頭部を思い切り叩かれ、視界がズレた。チームのメンバーが一斉に笑う。鼻先がツンと痛み、叩かれた後頭部がじわじわと熱くなる。誰だ、と頭に血が上るのを耐えながら振り向く。しかし、手の届く距離には誰もおらず、手前でボールがバウンドしていた。叩かれたのではなくボールがぶつかったらしい。

「大丈夫、ごめんね」

血相を変えて謝りに来たのは、別のグループにいたオトだった。ボールを拾い「ごめんね」と言う。拍子抜けして返事に困っていると申し訳なさそうに何度も謝るので、いいよ大丈夫だから、と返事をした。本当にごめんね、と言って彼女もナミもチームに戻って行った。わざわざみんなが見ているところでボールが当たるなんて、ついてない。しかし、今まであれほど自分を敵対視していたオトが急に素直に謝り方をするなんて珍しい。素直を通り越して大げさなくらいだ。グループを作る時に溢れた惨めさを払拭してくれるような出来事だった。正直なところ、ちょっと嬉しかった。

授業が終わると足早に体育館を出た。一人で教室まで歩いていると、後ろからチョンチョンと遠慮がちに肩を叩かれた。スミだった。

「ナミちゃん痛かったでしょう、大丈夫？」

「見てたんだ」

うん、とスミは頷く。情けない姿を見られたと知りプライドに傷がつく。スミは体育館シューズの袋を抱え、前を見たまま神妙な顔で言う。

「ひどいよね、わざとボールぶつけるなんて」

ナミは耳を疑った。相変わらず猫背のスミを覗き込むようにして、わざと？　と尋ねる。スミは再び頷き、オトがナミの背中めがけてボールを投げるのを見たと言う。ボールが背中ではなく後頭部に当たったのはオトも予定外だったようだと付け加える。

ナミは一気に怒りがこみ上げたが、怒りは通り越し、ただただ悲しくなった。

「あんなの許せない。蹴っ飛ばしてやろうか」

スミが口を尖らせて息を巻く。

「本当に蹴っ飛ばして来てくれる？」

「え、それは……」

はい、スミの嘘つき。蹴っ飛ばしてやろうかなんて強がりを言うなら、オトがボールをぶつけたその時に勇気を見せて欲しい。ナミが騙されていることを知りながら見て見ぬ振りをした挙句、偶然ぶつかったはずのボールがわざとぶつけられたのだと本人に明かしてしまうなんて、弱い上に無神経すぎる。知らなければまだ、ボールをぶつけられたことなど許せたのに。

「トイレ行ってから教室戻るね、先行ってて」

階段上がってすぐ目の前にある教室を通り過ぎ、トイレに籠もる。すると、既に目に溜まっていた涙が一気にこぼれ始めた。泣くと心が萎え、悔しくて悲しくて、声を抑えようにも嗚咽が漏れてしまった。一体私が何をしたって言うの。自分を抑えて、嫌なこともたくさん我慢してきたのに、まるで追い打ちをかけるように状況は悪くなるばかりじゃない。うんざり。もういや、限界、こんな場所にいたくない。

ーパー以
ま流さな
で下さ

音のトンネルを超える。ナミを拒むように、今日は今までで一番長く続き、不安もそれだけ強かった。それでも、もう現実に帰りたくなくて、不安な気持ちを抱えたままトンネルが過ぎるのを待った。

誰かに手を引かれ振り返るとミーナがいた。心配そうな顔で何か訴えているが、大きくなる轟音にかき消され何を言っているか分からない。ミーナはそれ以上行くなと言うように強く手を引く。

「見ないで」

ナミは顔を隠しながら逃れようと抵抗した。ミーナには泣いている弱い自分を見られたくなかったのだ。

「放して、もううんざりなの。もう何もかも嫌なの！」

そう叫びながら手を振り払った。するとミーナの体は煙を引っ掻いたようにほどけ、小さな渦を巻いた。その渦から色が抜け、ミーナが透けて行く。大変なことをしてしまったとナミは思った。慌ててミーナを助けようとしたが、既に自分の方がバランスを崩し、後ろに倒れかけていた。底のない夢はナミを受け止めてくれない。どこまでもどこまでも落ちていった。ミーナの姿は音のトンネルとともに遠ざかる。彼女はその姿が消えるまでナミに何かを訴え続けていた。

　星のない宇宙を彷徨い、体が闇に沈んで行く。このまま闇に呑み込まれたら、夢から覚めることもないのだろうか。いっその方が楽かもしれない。もがく気力もなかった。辛い日々を乗り越えられなかったことは悔やまれるけれど、もう素直に負けを認めよう。意識が薄れ始め、思考も消えて行く。心で命を捨てることができるなら、今がその時なのかもしれない。

「母ちゃん、ナミがいないんだよ」

　ショウの声がした。聞いたこともない、動揺して震えた声。膝をついてうなだれる背中が暗闇にぼんやりと浮かぶ。妹を失ったことを受け入れられない兄の姿だった。

「俺、行くなって言ったんだよ。なのに言うこと聞かないで、あのバカ野郎……」

　ショウは言葉を詰まらせながら涙を拭っていた。ナミはいつも強気な兄の泣く様を見て胸が張り裂けそうになった。自分というたった一人の妹がいることで強くいられたのかもしれない。二年になってからケンカすることが増えたけれど、反発したのはショウの言葉が当《まと》を得ていたたからで、ショウが悪いわけじゃない。ショウはいつもナミを気にかけていたのに、ナミは八つ当たりばかりしてしまった。それでも、自分がいなくなって、兄がこんなに悲しむなんて思いもしなかった。素直になれずに反発した挙句、優しい兄をここまで悲しませるなんて。悪いのは自分だ。そう気づき、黙っていなくなったことにいくつも後悔が押し寄せた。

「お兄ちゃん、ごめんね、ごめんね」

何度謝っても、ショウにはもう届かない。どんな言い訳もショウの涙に勝るものはない。辛い気持ちに支配され、兄が悲しむことに気づけなかった。今まで辛かったのは誰のせいでもない、自分のせいだった。ショウや、心配してくれる周りの人の優しさに気づけなかった自分のせいだ。もっと早く気づけたら、こんなことにはならなかったのに。

「ごめんなさい、許してください。もうお兄ちゃんを悲しませるようなことはしません」

目を瞑り、誰に言うでもなくナミは願った。固く組んだ手が温かくなるように感じた。

気づくとナミは、神社の階段を降りていた。ウミに手を引かれている。ナミの体は三、四歳くらいの幼い頃に戻っていた。ナミの反対側には同じく幼い体に戻ったショウがいて、覚束無いナミの歩みをウミ越しにチラチラ見ていた。しかしショウは、ナミがウミを見上げている間に階段を駆け降り、先の方へ行ってしまった。ナミはウミと二人きりになり、一段一段、ゆっくりと階段を降りて行った。

階段を降りると、ウミはナミの正面にしゃがんだ。その顔は今より若い。ずっと近くで見ていたからか、母親の変化には気がつかなかった。お母さんきれい、とナミが思っていると、ウミは幼いナミに小銭いっぱいの財布を持たせ、その肩に手を置いた。

「ナミ、いい？　ちゃんと届けるんだよ」

ウミは気丈に笑って見せているが、その目からはぽろぽろ涙がこぼれている。生まれてこの方、ウミの泣き顔を見たことのないナミは驚いた。そしてわけも分からず悲しくなり、一緒になって泣いた。幼いナミはウミのように静かに泣くことなんてできず、しゃくり上げて泣いている。

「おかあさん」

いつもなら、泣いたら抱くなり撫でるなりして励ましてくれるウミが、ナミの肩に手を置いたまま抱き寄せてもくれない。

「大丈夫、あんたは大丈夫だから」

寂しそうな、でも嬉しそうな、どちらとも言えない表情をしてウミは涙を流し続ける。いつかこの日が来ると、小さい頃からナミ自身も分かっていた。そして今、その時が来る。ナミはもう、ここから先へは一人で行かなければならないのだ。

「おかあさん」

ナミはただその場で地団駄を踏み、泣き喚く。まだ一人では怖い、その気持ちをうまく伝えることができず、おかあさんおかあさんと呼ぶばかりだった。しかし、もうウミが優しい言葉をかけてくれることはないだろう。今までと違う。それだけは分かっていた。意識が薄れていく中、幼い自分の泣き声が遠く、闇に吸い込まれて行った。

うっすら目を開けると、部屋は暗く青一色に染まっていた。学校から帰って制服を脱いだままの格好だった。制服の下に着ていた体操着のTシャツが汗臭い。重い体を起こすと、ナミは手に刃が開いたままのハサミを持っていた。その近くには破れた紙と、切り裂かれた痕がたくさんついた段ボールの箱がある。いつの間にか眠っていたが、眠るまで、ナミは部屋の中で暴れていた。

体育でのことを帰りまで引きずっていたナミは、家に帰るなり怒りを爆発させ、ハサミを手にしたのだった。消しゴムをちぎる程度では耐えられない苦しみの中にナミはいた。もっと危険なもので何かを壊したい衝動。それが爆発したのだ。紙を切ったり、段ボールを無茶苦茶に切りつけてみたりして、その弾みで自分が傷ついても良いと、むしろそうなればいいと思いながら暴れた。眠くなんてなかったはずなのに、いつ眠りに落ちたのだろう。隣の部屋で電話が鳴り、耳を塞いだところまでは覚えている。

ナミは自分の体をあちこち触ってみた。どこも痛いところはない。幸い、体が傷つくことはなかったようだ。正直ほっとした。もしウミが帰って来て、ナミの体に傷がついているのを発見したら、そしてその傷が自分でつけたものだと知ったら、どんなに悲しむだろう。さっき夢の中で見た顔でもうたくさんだ。気丈な親の泣く姿なんて見たくない。

ナミはハサミを閉じて引き出しに仕舞うと、切り裂いた段ボールを潰して畳み、散らかった紙片をかき集めてゴミ箱に入れていった。脱ぎ散らかした制服をハンガーにかけ、投げたカバンから抜け出た教科書をそろえて入れ直す。そうしている間、ナミは夢で見たウミの泣き顔を思い返していた。自分を突き放しながら、それでも優しく見守っている母親の顔。その表情にどんな意味があるか考えていると、涙がぼろぼろ溢れるのだった。

薄暗い部屋の中、ナミは姿見に映った自分の影に驚き、思わず手を止めた。顔はよく見えないが、久しぶりに見る自分の影は、思ったより背が伸びていた。

鍵を開ける音がして、ナミは部屋を出た。帰って来たウミを迎え、両手に持った買い物袋を引き取る。上がり框に腰掛けたウミの背中を見て、ナミは安堵した。野菜や惣菜を買い物袋からそれぞれの場所へ振り分けながら、ぽつりぽつりと、聞こえるかどうか曖昧なくらいでナミは話した。

「さっき、何かすごいムシャクシャして、イライラして、段ボールをいっぱいハサミで切ってた」

そっと靴をそろえる音がする。うん、とウミもまた、曖昧な相槌を打つ。どんな表情をしているか見るのが怖くて振り向けないが、ナミはそのまま続けた。

「全然すっきりしなかったの。何か、これがしたいわけじゃないんだって思った」

「ちゃんと自分の気持ち言いなさい」

少し厳しい口調に初めてナミは振り返り、母親の顔を見つめた。夢のように泣いたりはしていないが、優しく微笑んでいるわけでもなかった。

「そんなになるまであんたが我慢する意味はないんだよ」

恐る恐る語ったナミの言葉から迷いを削ぎ落とすようにウミは言う。今まで黙って聞くことの方が多かったウミだが、娘の荒れ様を見てとうとう言わずにはいられなかった。

「わたしが出ればどうにでもできるけど、敢えて何もしないでいるの。どうしてか分かる？」

ナミは母親の目をじっと見つめる。その瞳に自分の姿が映るのが見えるような気がした。

「学校に行くのはナミだからだよ」

やはりウミは夢と違い、泣きながらナミを送り出すような人ではなかった。そしてナミも、夢にいる時のようにわんわん泣いたりはしなかった。今は、ウミの言葉の意味がよく分かる。ナミは黙って頷き、その言葉を受け入れた。

ナミはトーラ先生にユカリが転校することを告げた。するとトーラ先生はユカリが転校することよりも、ナミがそれを知っていたことに驚いた。本当は先生も四月当初から聞いていたのだという。何度もナミに伝えようとしたが、ユカリがナミにどこまで伝えているか分からず、ユカリを待っているナミの姿を見ているとなかなか言い出せなかったのだそうだ。ナミが知っていたと分かり、トーラ先生はやっとその先の話を始めた。

「ユカリの親御さんはナミに感謝していたよ。ずっと連絡を取り合ってくれて、ユカリが一人にならないようにしてくれて」

いつも門前払いをされていたナミは、自分がユカリの親に嫌われていると思っていた。実際、好かれてはいないかもしれない。ナミも、あまりユカリの親に良い印象を持ってはいない。ユカリを振り回し、その心が壊れる原因を作った張本人であると今でも思っている。それが、感謝されていたと言われると、急に憎めなくなってしまう。

「それから、申し訳ないとも言っていたよ」

玄関口でナミを帰す時の、疲れた顔を思い出す。本当に申し訳ないと思うなら、初めからユカリが苦しむ道を選んで欲しくはなかった。せめて、転校だけでも取り止めてくれたら良かったのに。しかし、最善とは言いたくないけれど、それがその家族の決断なのだ。

「ユカリも意固地なんですよ。自分の気持ちを隠すくせに」

ナミは初めてユカリの家族を庇った。トーラ先生はどちらとも言えない様子で苦笑した。

「でもびっくりしたよ、ナミの方からユカリのことを話しに来るなんて」

何かきっかけでもあったのかと遠回しに訊く。ナミは考え込み、つま先を見つめた。

「自分でも不思議なんです。朝起きたら、本当に目が覚めたというか、昨日と、何か違う気持ちになっていて……」

一人ぼっちでいるのが怖くて、臆病になっていた昨日までの自分。なぜそんなに不安だったのか分からないほど、今は心が落ち着いている。

「先生。私のことまで心配してくれて、ありがとうございました」

「いやいや、僕は大したことできなかったよ」

ナミがお辞儀をするとトーラ先生は両手を振って謙遜した。そして残念そうにため息をする。

「ユカリのことも、何とかしてやりたかったんだけどな」

「先生は、精一杯やってくれたと思います。会ったこともないユカリのこと、一生懸命考えてくれて。私はそれが嬉しかったです」

無力で頼りないと思ったこともあるが、振り返ってみると先生はよく投げ出さずにいてくれたと感心する。熱い気持ちがあるならユカリを学校に連れ出せるのではないかというのはナミが勝手に期待していただけだ。確かに先生は熱い気持ちでユカリの問題に立ち向かっていたとは思う。しかしそれでもユカリがなびかなかったのは、それだけ、ユカリにも熱い信念のようなものがあったからなのかもしれない。

夏休み初日の午前中、突然ユカリがナミの家に来た。昨夜電話で話した時は家に来るなんて一言も口にしていなかったので、まだ布団の上でゴロゴロしていたナミは驚いて飛び起きた。顔も洗わずに玄関を開ける。

「もしかして、引っ越し今日なの？」

「うん」

「もっと早く言ってよ」

ユカリはごめんと笑い、悪びれた様子もない。引っ越しの具体的な日付はいつなのかと聞いても、「分かったら言う」を繰り返すのではっきりと聞かされていないままだった。濁しているのは分かったが、それ以上探らないのがユカリへできる思いやりだと感じ、追求はしなかった。こうして突然明かされることは何となく予想はついていたが、いざその時になると寂しさがこみ上げる。

ユカリは学校に来ていた頃とほとんど変わっていない様子だった。この半年間会えなかったことが嘘のように、昨日も一緒に過ごしていたような気がする。今は本当に病気だったのか疑いたくなるくらい普通で、顔色も良ければ笑顔も明るい。もしかするとユカリは、自分と別れる練習をしていたのではないか。久しぶりに会ったユカリの元気そうな姿を見て、ナミはそう思った。

ユカリは後ろ手に隠していたピンクの小さな包みをナミに差し出す。開けてみると、黄色がメインのポーチが出てきた。赤糸のパッチワークで縫い目がガタガタしている。

「すごい、ユカリが縫ったの？」

「うん」

ユカリはまた手を後ろに隠し、照れ臭そうに下を向く。ナミはポーチを眺めた。こんなに厚い生地なら一辺縫うのも大変だったろうに。次第に視界が歪み、キラキラと輝き出す。

「私、ユカリに何にもできなかった」

ナミは涙を堪えながら言った。ユカリは首を振る。

「何もしなくていいんだよ」

そして目に涙を溜めて笑った。それ以上多くは語らない。ナミは泣かないように我慢するのがやっとで何も言えなかった。

「手紙書くから」

そう言い残し、ユカリは引越し作業の手伝いをするため家に帰って行った。ユカリの姿が見えなくなると、堪えていた涙が一気に溢れ出した。胸が苦しくて、もらったポーチを抱きしめる。学校に来ないことを何度も責めてしまったのに、ユカリはどれだけ自分のことを想ってくれたのだろう。どんな想いで糸を通していたのだろう。本当に苦しいのはユカリの方だったのに、自分は目先の寂しさを訴えるばかりだった。先生や友達を困らせていたのは自分の方かもしれない。こんなに自分のことを想ってくれる親友の気持ちを、今になって知るくらいなのだから。

二学期が始まり、ユカリの転校を事後報告としてトーラ先生がみんなに伝えた。転校することは引越しが終わるまでみんなに言わないで欲しいと言うのがユカリの意向だったのだ。ユカリが転校したと知り、寂しいね、とみんなナミを口々に労ったが、ナミはもう落ち着いていたので前ほど寂しいと感じなかった。

ナミは一学期の姿が嘘のように、クラスの中でもよく喋るようになっていた。スミとは目が合えば笑い合えるし、前から気にかけてくれていたヒナとマユもそこに加わり、何人かまとまって過ごすことが増えていった。休み時間にみんなの輪の中で大笑いするナミを見た時、たまたま通りかかったトーラ先生は目を丸くして、「ナミが笑っている！」と口にするほど驚き、その変わり様を喜んでいた。

「先生、今、すごく楽しいんです」

ユカリが転校してから初めて二人で話した時、ナミはトーラ先生にそう言った。

「一時は、ナミの方がどうなるかと思っていたよ」

トーラ先生はやっと肩の荷が降りたようで、初めて若々しい、穏やかな笑顔を見せた。

いつもユカリと待ち合わせをしていた場所で、ナミはブロック塀に座り誰かと笑い合っていた。何を話していたか忘れてしまったが、とにかくおかしくてたまらない。隣にいるのはユカリではなかった。視界の隅では色があるのに、直視すると黒い影になってしまう。髪が白金色で、アニメに出てくる魔女のような姿だということまで分かっている。しかし口先まで出かかっているが、彼女の名前が思い出せない。ナミは笑いながら、

「あのさ、名前、何だっけ」

と訊いた。しかし影は、

「もう大丈夫でしょ」

と笑う。ナミはうんと頷く。

「だけど、名前くらい教えてよ」

影はもったいぶってすぐには教えてくれない。ねえ、とナミが甘えるとようやく口を開いた。そして、

「私の名前は」

と影が言ったところで目が覚めた。夢と現実の境目が分からないくらい、瞬間的に

絵が切り替わった。急に部屋の天井が見え、ナミは呆然とする。

「名前は、何だっけ」

思い出せそうで思い出せない。天井を見ながら記憶をたどるが、やがて頭が冴え、ロウソクの火が小さくなっていくように夢の景色が消えていった。大事な夢を見ていたような気がしたのは目覚めた直後だけで、名残惜しさは隣の部屋で朝食の用意をするウミにかき消された。

「ナミ、まだ寝てるの？　ご飯食べる時間なくなるよ」

「もう起きてるよ、今行く」

そうして身支度を始める。ナミの髪も随分伸びていた。顔を洗っている間に横髪がどんどん落ちてくるので、上半分を簡単に束ねる。軽くなった毛先が肩の辺りでピンと跳ね返るのが見えた。そして何気なく顔を上げ、思わず目を丸くする。

「ミーナ」

もう夢から目覚めてしまったけれど。記憶のかけらをたどり、ナミは一度だけ、鏡に映る彼女の名を呼んだ。

〔了〕

あとがき

この度は、龍九尾『夢幻のミーナ』をお手に取っていただきありがとうございます。

さて、この作品はフィクションではありますが、現実ではナミのような経験をする人は少なくないと思います。何か楽しみを持てる人は良いけれど、そうでない人の毎日はとにかく辛い。そうした日々を送ることで自分を不幸だと思うこともあるでしょう。私もそう思ったことは何度もあります。

しかし、苦しむこと自体は不幸だとは考えていません。苦しい時に『誰も助けてくれない』と感じることの方が不幸だと思うのです。そして助けてくれる人の存在に気づけないこともまた不幸だと思います。

そういった意味でナミは不幸な子でした。「先生は大人なのに何も解決してくれない」とばかり思い、「大丈夫?」と声をかけてくれる人にも痩せ我慢をして頼らない。それでいて、察してもらえるのを待つ日々。そこに課題があると私は考えます。

実は、自分の問題を解決することの方が、人のことを考えるより面倒臭いのです。それはその過程も結果も、すべての責任を自分で負わなければいけないからです。誰か察してくれませんか、何とかしてくれませんか、と何もしないのは『我慢』ではなく『怠慢』です。方法が分からないなら分かる人に尋ねなければいけません。そして一人や二人で尋ねた気になってはいけません。分かるまで尋ね続けるんです。『9』になる式は『1+8』だけではありません。『10−1』『3×3』『81÷9』……もっとあります。みんなが分かるとは限らない。だから探す必要があります。探すうちに自分で答えを見つけることもあるでしょう。

そうやって自分のために探してやれるのは、自分しかいません。自分のことを一番に考えてあげられるのはやはり自分しかいません。「誰も助けてくれない」？　違います。自分という『切り札』を忘れているだけです。

中学二年生の夏休みが終わった頃のある日、私は突然目が覚めるような心地になりました。一年後、五年後、十年後にどんな自分でいたい？　じゃあそうなるためには今、何をしよう。そう考えた時でした。

二〇一五年秋　龍　九尾

◇著者紹介

龍九尾（りゅう　きゅうび）

神奈川県出身。東海大学文学部文芸創作学科卒業。2009 年 9 月より、小説・イラストを主とした創作活動を開始。学生時代は「架空作品と少年犯罪の関連性」を研究し、変性リアルを発見。それを基に作家としてのスタンスが固まる。心理学・社会学にも関心が有り、心理学は自学科より成績が良かった。小説は登場人物の心理が中心となっている。読んだ方の人生に花を添え、心を豊かにし、それが社会貢献へとつながる作品を目指している。「この瞬間、この場所から、あなたの世界が化けていく」が活動のスローガンである。

20th おかげさまで 20周年 since1996

夢幻のミーナ

2015 年 11 月 15 日　初版第 1 刷発行

著　者　龍九尾

発行所　ABC 出版社

発売所　株式会社　日本僑報社

〒171-0021 東京都豊島区西池袋3-17-15

TEL03-5956-2808

FAX03-5956-2809

info@duan.jp

http://jp.duan.jp

中国研究書店http://duan.jp

2015 Printed in Japan. ISBN 978-4-86185-203-9 C0036

豊子愷児童文学全集（全7巻）

少年美術故事（原書タイトル）

四六判 並製　1500円＋税
ISBN 978-4-86185-189-6

中学生小品（原書タイトル）

四六判 並製　1500円＋税
ISBN 978-4-86185-191-9

華瞻的日記（原書タイトル）

四六判 並製　1500円＋税
ISBN 978-4-86185-192-6

少年音楽故事（原書タイトル）

四六判 並製　1500円＋税
ISBN 978-4-86185-193-3

給我的孩子們（原書タイトル）

四六判 並製　1500円＋税
ISBN 978-4-86185-194-0

博士見鬼（原書タイトル）

四六判 並製　1500円＋税
ISBN 978-4-86185-195-7

一角札の冒険

次から次へと人手に渡る「一角札」のボク。社会の裏側を旅してたどり着いた先は……。世界中で愛されている中国児童文学の名作。

四六判 並製　1500円＋税
ISBN 978-4-86185-190-2

2015年10月から順次刊行予定！

※既刊書以外は中国語版の表紙を表示しています。

日本僑報社刊行作品

春草～道なき道を歩み続ける中国女性の半生記～

裘山山 著　徳田好美・隅田和行 訳　于暁飛 監修

中国の女性作家・裘山山氏のベストセラー小説で、中国でテレビドラマ化され大反響を読んだ。中国版「おしん」。

四六判　４４８頁　定価　２３００円＋税

パラサイトの宴

山本要 著

現代中国が抱える闇の中で日本人ビジネスマンが生き残るための秘策とは？　中国社会の深層を見つめる傑作ビジネス小説。

四六判　２２４頁　定価　１４００円＋税

必読！今、中国が面白い Vol.9

中国が解る60編

而立会 訳　三潴正道 監訳

『人民日報』掲載記事から多角的かつ客観的に「中国の今」を紹介する人気シリーズ第9弾！　多数のメディアに取り上げられ、毎年注目を集めている人気シリーズ。

A５判　３３８頁　定価　２６００円＋税

新疆物語～絵本でめぐるシルクロード～

王麒誠 著　本田朋子（日中翻訳学院）訳

異国情緒あふれるシルクロードの世界！　日本ではあまり知られていない新疆の魅力がぎっしり詰まった中国のベストセラーを全ページカラー印刷で初翻訳。

A５判　１８２頁　定価　９８０円＋税